# 母音

松永まり子句集

bo-in

海鳥社

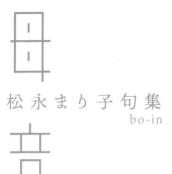

目次

Prologue …… 5
Part Ⅰ a …… 7
Part Ⅱ i …… 29
Part Ⅲ u …… 51

Part Ⅳ　e …… 73
Part Ⅴ　o …… 95
Epilogue …… 117
跋　句集を編むに、大胆な意図もって　星永文夫 …… 119
あとがき …… 124

装幀　臺信美佐子
装画　松永あかり

# Prologue

# 天からの四季《しき》の母音を一身に

# Part I a

a《あ》と言えばaと言う人の欲しくて夏

雲の峰ときに昼星肩に乗せ

人恋うて岩をも食って蝸牛

秋立つ日タマゴサンドに恋が足りない

人恋えば夕菅風に揺れやまず

# 子を堕ろす虫はたはたと金曜日

ゆうすげよ風が狂えば心まで

蜩や罅《ひび》の象《かたち》に添うて鳴く

こいびとはなけれど恋し秋の暮れ

惜しみなき愛の象に落葉す

冬の夜や生きるに竦む母と子と

# たとえばこれが愛です　寒卵

紙白し折目正しく寒明ける

二ン月の耳たぶ薄し風を聴く

足裏洗う魂ふかく冴ゆるまで

流氷初日とおくとおくに捜す音

白蝶のさびしき肩にとまりけり

ひそやかな鎖骨のくぼみ春の雷

愛を語る三月の眉見ておりぬ

# 蝶々とふらり砂漠の旅に出る

# Part Ⅱ

i

まっ白の炎昼の闇·i《い》をひらく

夏服の肘うっすらと悔いに似る

麦熟るるもののけの手のややぬくし

# 六月にゴッホの耳を梱包す

新涼に胎児の耳のそばだつ音

幕開けの合図　おしろい花匂う

昼星を映して秋の水静か

かなかなが残る命を数え出す

## 時を急ぐ十一月の白い耳

十一月痕《きずあと》すこし軽くなる

冬風に胸の海図を開くペリカン

犀の背に流れ落ち行く冬銀河

冴え返る夜はひたすらに星を狩る

天頂にオリオン　鉄塔歩き出す

子午線を震わせ冬のシンバル

凍てし夜の耳の深くにある銀河

肉厚の浅蜊のふつとかなしかり

義太夫に死ぬ気にもなる春の夜

春日傘思いひそかに帰るところ

# 三月の莢のとげに刺されたり

# Part Ⅲ

u

u《う》を呑んで胸にあをあを天の川

白桃や死はひそやかに漲りて

これもこれも己が姿や枇杷熟るる

一日よ鎮まれ　つめたき梨を剝く

追伸を書く指かわく秋の蟬

蛇眠るわが身を抱く腕もなく

霜の夜に身を濯げども濯げども

触れてみる十一月の喉仏

駆け出した東京の夜冬林檎

音ひとつ立てて背中の冴ゆる日よ

わが肚《はら》を捜して冬の鰾《うきぶくろ》

# さあらば堕ちんと太き牡蠣を喰う

八千代座へ角を曲がれば春の月

身のどこか飢えてしんしん春の雪

# ふかぶかと聴く囀りの満ちるまで

春死ぬはなかば開けたる口のまま

春行くやとまれトーストの焼き具合

ひなげしの滲まぬ紅を見ていたり

# 六月のそんなところに解剖図

ででむしは存分に独り飯を食う

# Part Ⅳ

e

夏のe《え》よ遺伝子一座乱れたり

短夜の運命線は定まらず

遮断機の向こうに白き立葵

# 背骨キシとずれる日　守宮鳴く

新涼に聖水ひそと波立ちぬ

蝸牛〈ふつう〉とやらを食べている

大夕焼けコーランの文字一面に

炎天の葬列　ラッパ吹き鳴らす

舞い降りて烏炎天吐き終わる

夕凪に熊本平野濃縮す

東京という形　レモン齧る

凩に頬骨高き女《ひこ》ひとり

虹色の背鰭を立てて日記買う

腿太きカンガルー飼う寒の入り

鉛筆の芯先にある冬の底

# 冴え冴えと東シナ海胸の先

郵便受けに三月の音　届いた

# 風光るインド舞踊のふくらはぎ

ジプシーの背に春雷の反り返る

春泥や指の先にもある真暗闇

# Part V

o

天平のおんたなごころ七月のO《お》

カンナ打つ雨を素裸で受ける

無防備に笑う母いていわし雲

そのどれも帰燕の肩の小ささよ

掌の中に林檎　幸せになる権利

冬立つ日ヤコブの梯子登るべし

午前二時胸に貝の火焚きながら

音もなく身に満ちてくる寒の水

昏きより流氷われに接岸す

# 生きるのは辛いねという十七《じゅうしち》歳の春

# 燕来よ娘に幸福の王子から

子には子の母には母の夏の入り

正座してひとりをたたむ更衣

# 聖五月ワタクシという墓標

万緑に白衣の袖を折り曲げる

母の手のサイダー白く蒸発す

バス停に君　ありふれていた夏の朝

母の掌に実梅のふたつ色づきぬ

うす紙で膚切る午後や著莪の花

夏やせの指きよらかに占えり

# Epilogue

# 秋立つ日明日のパンを買いに行く

# 跋

## 句集を編むに、大胆な意図もって

松永まり子は、一見やさしくおだやかな風貌だが、俳句を始める前には短歌を初め、雅楽・書道・絵画、そして空手にフラダンスなどまで、何でもやってやろうの精神で熟《こな》して来たというから、芯は好奇心旺盛で、したたかな気性の持ち主であろう。初句集に「母音(bo-in)」という奇抜な表題をつけたのも、それによるものではないだろうか。

もっともこれは、かつて『霏霏』第六二号に発表した「a・i・u・e・o シリーズ」を普遍化し、拡大したものというから、当初からの計画であったのだろう。大胆な発想で、その意図はおもしろい。しかし、その意図が読者にはなかなか伝わりにくいという難題は残る。

そこで私は、日本語の母音であるａ・ｉ・ｕ・ｅ・ｏの音が表出するイメージを基盤にして、その人が「私とは何ものか」を確認しようとしているのではないかと勝手に決めて、この句集を読むことにした。

例えば、口を広く開いて発するａ。その明るい響きに、わが愛のありようを、

　ａ《あ》と言えばａと言う人の欲しくて夏
　惜しみなき愛の象に落葉す

と造形する。むさぼるほど愛を求めながら、とらわれることに煩悶する、人間まり子の〈愛染〉の相がそこにある。

iの暗い響きには、かく、

まっ白の炎昼の闇・i《い》をひらく
かなかなが残る命を数え出す

という。心に澱《おり》のように溜まる〈陰鬱〉をこのように曝すのである。
唇を高く尖らせて発する、その重い響き。uについては、

u《う》を呑んで胸にあをあを天の川
身のどこか飢えてしんしん春の雪

と詠む。前句の「あをあを」（「あおあお」ではない）の何と重いことか。そのuを呑んでも癒されぬ蒼い〈飢餓〉あるを表明する。

唇を横にひろげて発するｅには、趣味多き自我の強さが表示される。

　夏のｅ《え》よ遺伝子一座乱れたり
　虹色の背鰭を立てて日記買う

どのＰａｒｔより華やかに展開する美の祭典。自らの〈芸座〉の披露である。

唇を少し中央に寄せて、声帯の振動によって発するｏ。そこには礼讃の気分がある。

　天平のおんたなごころ七月のｏ《お》
　無防備に笑う母いていわし雲

礼讃の対象は天平仏であり、特にここでは母である。〈母性〉への豊かなほめうたが並んでいる。

こう読んできたが、はたしてこれがこの句集の核心に触れたかどうか、諾という自信は全くない。けれども、まり子の母音を〈愛染〉〈陰鬱〉〈飢餓〉〈芸座〉〈母性〉と言い換えたとき、まり子の心像にいささか触れた思いがした。そして、それが火となって、まり子の〈句〉が私の中で輝きだした。大胆な意図の効用である。句集出版おめでとう。いい出発ができました。

令和二年十月吉日

星永文夫

（俳誌『霏霏Ⅱ』顧問）

# あとがき

言葉を意識したのはいつだっただろう。

気がつけば本が好きな、詩が好きな子どもに育っていた。

人は悲しいとき、嬉しいとき、思わず声が出る。それは叫び、魂の声。その声こそは人が持つ本来の音。その音を私は〈母なる音〉として〈母音〉と呼びたい。

魂が違うように、人はそれぞれの〈母音〉を持つ。　私には私の〈母音〉がある。その〈母音〉は魂の内から湧いてくるようであり、天から降ってくるようでもある。静かに静かにその音を受ける。その音を集めて句集を編んだ。

その句集「母音」では、日本語の母音である「a・i・u・e・o」にその音をこと寄せて、私の魂の声を集めた。「何となくわかるなあ」とか「全然理解できん」とか、読んで心を動かしてもらったら嬉しい。

句集を編むにあたり、星永文夫先生には、跋文をはじめたいへんお世話になった。私の感性を認めながらご指導いただいたことに深く感謝している。また句座の仲間、誌友のみなさんにも感謝の言葉を捧げたい。楽しく刺激に満ちたみなさんとの出会いと過ごした時間は、本当にかけがえがない。

最後に、私の基礎を育んでくれた父と母と妹に感謝し、この句集を捧げたい。

令和三年十二月吉日

松永まり子

《追記》

活版印刷の本にしたい。一文字一文字に命が宿っているように思えて、句に温度や手触りが現れてくるようだから。

その願いを、小さな町の印刷所『池田活版印刷所』が叶えてくれた。永戸寿美子さん、吉田典子さんありがとうございました。

装幀家の臺信美佐子さん、原画を提供してくれた娘のあかり、お世話になった啓文社、出版の素人を導いて下さったシモダ印刷株式会社の下田史郎さん、海鳥社の杉本さん、ありがとうございました。

美しい本になりました。

プロフィール

松永まり子（まつながまりこ）

一九五五（昭和三〇）年　熊本県生まれ

二〇〇六（平成一八）年　『霏霏』入会

『霏霏＝（ヒヒネクスト）』同人

熊本県在住

母《ぼ》音《いん》

◇

2021年12月22日　第1刷発行

◇

著者　松永まり子
発行者　杉本雅子
発行所　有限会社海鳥社
〒812-0023 福岡市博多区奈良屋町13番4号
電話 092(272)0120　FAX 092(272)0121
印刷　池田活版印刷所
製本　シモダ印刷株式会社
ISBN978-4-86656-100-4
http://www.kaichosha-f.co.jp
〔定価は表紙カバーに表示〕